献给我的祖父梁建忠先生

那些可能拥有却并未拥有的
卧在冬雪之上
度过了寂静的一生

尚

希贤 著

长江出版传媒 | 长江文艺出版社

希贤，本名梁茜，"80后"诗人，四川省作家协会会员，四川省诗歌学会会员，参加第10届十月诗会。作品见于《十月》《扬子江诗刊》《星星》《诗潮》《草堂》等刊物，入选《2020年中国诗歌精选》《诗收获》《天天诗历》《2019四川诗歌年鉴》等选本；出版个人诗集两部、诗歌合集一部。现居成都。

目　录

序　此间万物与心同　001

I

万物的伟大囚徒

致　003

大地下沉睡的人　004

在爱尔兰　005

我是……　006

爱人　007

对于白色的感知　008

此间　009

我见过　010

秘密　011

小镇　012

我们听见森林　013

出逃的黑鸫　014

窗前　015

来，我们坐着　016

从风暴中走出　017

蓝山的鸽子　018

浅浅　019

夜晚之诗　020

一只鹰隼的最后时光　021

达乌尔鼠兔　022

星光　023

寻找一匹马　024

燃烧的酒樽　025

一些轻盈的事物落下了　026

唤醒一条溪流　027

时间　028

湖　029

在山巅　030

中年　031

为鸽群而作　032

荷尔拜因的女性肖像　033

灯塔之诗　034

花坡听风　035

回到岩石　036

灯　037

孤独的雨　038

河　039

春天的某些时刻　040

星辰　041

光　042

在威斯敏斯特教堂诗人角　043

慢，或圆　044

羊群把彩虹披在身上　045

重临　046

II

一再后退的虚空

在丽江　049

致　050

永恒的一日　051

致亲爱的人　052

致奔跑的小孩　053

我所有对故乡的描述　054

瞬间　055

我们所有的时间　056

演员　057

放河灯，或星光　058

给自行车上的妈妈　060

草原，二○○七年八月　061

生死如常　062

海水·火焰　063

修行　064

夕光下的女人　065

胖球球　066

陌生　067

我比看上去要轻　068

时间和时间　069

III

少年坐在海洋的阴影里

灯火　073

晨之诗　074

重逢　075

一个女孩的爱情　076

你还在我的诗里　077

火光在他脸上　078

少年　079

白花　080

爱的事物　081

诗的种子　082

旧名字　084

月光少女　085

我的左边是故人　087

羞涩　088

我们将会变成什么　089

Ⅳ

混沌与自由

夜晚，正亮如白昼　093

沉默者的桂冠　094

如今我　095

我为什么歌颂低沉之音　096

指纹　097

我，或另一个我　098

我们到了哪里　099

精神病院　100

谁在那儿歌唱　101

诗人　102

这里没有电影院　103

吻　104

没有什么可怕的　105

墓园　106

墙　107

春夜　108

那些席地而坐的人　109

时间胶囊　110

一个清晨　113

我的悲伤　114

涂鸦　115

生命的全部时态　116

随感　117

序　此间万物与心同

——希贤《此间》初见

何向阳

　　阅读一个人的文字是对这个人深度了解的过程，这句话尤其适合读一个人的诗。诗与小说不太一样，作为心性的表露，诗人自己几乎无处躲藏。所以如若不是希贤将她这部诗集的打印稿交给我，我可能会错失这个在一个成都的雨夜和我一起走在宽窄巷子中的女子的丰富而又单纯的心灵。那和我并肩走着的，那与我手牵过手的，那举一把伞给我的，那与我一起在门槛处听雨落的声音的，那对眸时沉默的，那些时间中的瞬间……如果不是她的诗，我有什么办法让它复活？

　　事实上，我与希贤的交往并不多，只有两次或三次的见面，大约还是两次，一次成都，一次北京。但初见于成都时，就有一种很熟悉的朋友的感觉，仿佛相识已久。"翱翔的苍鹰是一道闪电——/立于光芒中心"，"静夜、星影、远水荒山/你渴望的一切。/在细微描述中下沉"，"你停下来/忽然走上前，和一头驯鹿交谈"，这些诗句明明暗暗，多么像我们初识的那晚。久远的，被我们遗忘了的时光，它们借助于文字又回来，呵，是你，这么久，我们怎么可能让陌生成就桥梁，我们怎么可能任由猜忌横亘于我们中间？

不会的，我相信你说出的，"我是静置的灯盏/微弱灯芯可挑起整座山冈"。

我们曾相约，一起登山。这在第一次见面就相约真的是有些奇特。但好像自然而然。好像我们已经约了很久一直等着实现呢，不过这次相约是一次提醒罢了。现在俯读这些白纸黑字，我仍有一种恍惚之感，也许，真的应该还将这篇文章命名为——"峨眉山上雪"。

峨眉山上雪，那样的景象又是怎样的呢？

金顶上的雪，你从来没写过，我从来也没看到过。

只在母亲的描述中，或者是记忆的描述中，我一再地创造着它们，好像那些句子不是经了她的手，而是我心中原来就存有的，只不过由她说了出来——

　　　　黄昏渐近时山野小苍兰溢出的白
　　　　锋利的，即将陨落的白
　　　　如手中划动的断桨——

　　　　那些可能拥有却并未拥有的
　　　　卧在冬雪之上
　　　　度过了寂静的一生

在她的另一首诗《小镇》中，她说出了"神钟爱的三样事物——/枯萎的花、静默的书、少女的微笑"。那都是转瞬即逝的事物，花不可能一直新鲜，书不可能不被读者翻动，而少女不可能不会苍老，那微笑着的或许也会被其他不可想见的表情所代替。但是，诗人仍是小心翼翼地捧出了神的所爱，当然也是她之所爱。相比之下，峨眉金顶上的雪，也许还会持久一些。会么？它会持久地等着我们吗？

"我拥有云朵的名字/或蜡烛的肉身"。就是这样，云朵有名字么？蜡烛燃尽，它的肉身又在哪里？在希贤的诗中，你会见到虚与实的交替，那是一种刃上之舞，像电影《红菱艳》中的那位用足尖传递艺术的女子，她也停不下来了。到了后来，也许每位向内挖掘的女诗人都会如此，她已与她的文字长在一起，无法停止，无法剥离。所以那样的句子写出来——

我的诗行在人迹罕至的荒原

形容词最先倒下，其次是动词
名词站立。光明处
朝圣者种下勇敢的名字在两座岩山之间
失却的土地仍有未埋葬的谷物

当然，这首《回到岩石》，也写到了鸥鸟，相比于岩石而言，动的，不动的，飞翔的，静止的，它们联系在一起，而"我"，或者和他们一一道别，或者，变成了他们。在"我"与"他们"之间，诗人的"心"与"物"可以互换，这样的书写中，心物一体，心物不分，可能从某种隐秘的意义上，它在强化着诗歌的本源！

心物之间，无有间隙，物我同游，乃至物我一体。这可能就是诗的。在对象中发现自我，将自我放入对象中与之联系，诗人强调的是这种联系，而不是小说家的对象化的隔离，这个意义上，小说家是对他者的叙述，而诗人则是自我的剖白，而后者所强化的一体观，人与物、心与物的共同体意识，则更加倾向于自然，也更源发于自然，这可能也说明了小说为什么是历史后来的产物，而诗歌则是一切文学的起源。"但愿我看懂了沉默和咆哮的同一性/但愿我还能告诉你/一些藏着秘密的事物潜移默化成了/花朵。"当然这个"花朵"也是隐喻的，很难将之看作是实体之物，虽然它可能就是实体之物，但那实体之物不是也一直在消渐？如若我们不将之写下，不将之在纸上以另外的方式永久留存。

永久留存的事物，相对来讲，在希贤诗中常常出现的意象——也是实体之物——是"星辰"。是呵，相对于稍纵即逝的事物，希贤的诗中写到了许多星星、星辰、星宿、星光，她仿佛是试图以此证明世上的亘在的事物，而在写它们的时候，她也将之拟化为与己相关的事物，而不是外在化于诗人的事物，所以"此间"的把握很讲分寸。但是也有大量的溢出。比如，"我是暗夜涌动的鸩酒/你饮下它，如啜饮寥落天际的星宿"；比如，"那些空荡房间诞生的岩石/如鲸群历数头顶上方忠实的星辰"；比如，"让手握星星的孩子/独自穿过天井"；比如，"群山于夜色中起伏，星星收敛翅膀/你醒着，她就不肯睡去——"；比如，"我爱你眼里盛放的蔷薇花束/黑夜与白昼，镌刻每一粒星子的光辉"。还有——

于光明中痛饮。我捧起
你枯槁的脸，一遍遍用歌声唤醒

这洋流深处的沉睡者
这安宁的人，一直怀抱着星光

这首直接以"星光"命名的诗之片段，给了我们一个"怀抱星光"的"安宁的人"的形象。这一形象何尝不是希贤本人。星辰是诗人置身的背景，也同时是诗人内心的光明。无论是"湖水泛着冰冷的光/尘世的一切盘旋上升而星星下沉"的喧嚣，还是"星辰自银河系溢出/废墟上渐渐生长出星云/一如所有业已完成的事物/

在夜晚觅到归宿"的静寂，抑或是"隐没于苍茫边界/又身披星光升起/在我们仰望的地方起伏"的生机，还是"我的悲伤来自那深处的/坟茔、飞逝的窗棂，以及/高不可问的古老星球/内凝而强大的，是苍生悄吟的珍贵时辰"的高蹈，无论讴歌还是低吟，都言说着盛大的生命中不朽的部分！与此同时，诗人也俯视和凝神于那些细小的，不为人所见的，或者是被人屡屡忽视的事物，比如红松鼠、松鸦、鹭鸶，比如刺槐、香椿和楸树，它们与岩石与星辰一样，让诗人体味着宁静的时刻里那美妙的存在。这就是"此间"的意义吧——诗人的使命，就是以领受之心将之一一展现出来。

希贤走过不少国家和城市，在北爱尔兰，在斯里兰卡，在斯德哥尔摩，在伦敦，她都留下了诗篇，但与众不同的是，她的诗中的心象仍是远远大于地理，在她的诗中，我们看不到具体的标志性的风景，与我们相遇的只是经过了诗人沉淀与幻化后的心境，所以，那些地点，她一一走过的地方，只是她诗歌写作的触媒，它们闪着特有的光泽，独属于诗人的语言找到了她，同时也赠送给我们。

> 现在我可以潜入一首诗的内部
> 看梧桐影木、波旁香根草交头接耳
> 听小豆蔻和胡椒彼此打趣

它们让我想起在山中被柏木林环绕的日子

轻盈、纯粹

像从来没有发生过

　　是呵。我们多久没有进入一株杜鹃的内部了？我们多久没有停下来与一头雪色牦牛交谈？从三台山街那棵月桂树下一路走来的诗人说，"当黑白世界只剩下星空闪耀/澄莹的月光宛若母亲温柔的双目/足以照亮我以绝望的姿势/把你书写在寂寂无名的星群之中"。今年的峨眉山顶还下雪吗？从来没有发生的，没有见过的，但凭借于诗句却曾经发生，一直发生着，当雪片一样的纸被印上文字而从打印机中一张张地诞生出来时，我知道，那些雪已经开始等待了。它等了那么多年，那么久，等着一直想念着它要去看望它的人，我们！

我怀抱的一团火焰

我唯一的私有财产

如盲人在尘堆中捡到

逃亡者遗失的钻石

一颗曾经辉煌却徒劳的

野心

希贤是要在这阔大的"此间"按上自己手印的人。《指纹》一诗为证。我们都是要在这世间按下自己手印的人。所以能够相互认出，彼此分辨。但是，在我们的践约之前，在心与物的洪荒的此间，一定还有一些东西藏在深处，秘而不宣。正如那首诗中如提示也如箴言的一句——

　　那些红的，黑的
　　是造就我的一部分

　　是这样的。的确如此：

　　让我成为我

2020 年 9 月 15 日，上海
复旦国际学术交流中心 1505 室

何向阳，中国作家协会全委会委员。出版有《青衿》《锦瑟》《思远道》《自巴颜喀拉》《镜中水未逝》《夏娃备案》《立虹为记》等诗文集及专著《人格论》。作品译为英、俄、韩、西班牙文。获鲁迅文学奖、上海文学奖。

I

万物的伟大囚徒

致

翱翔的苍鹰是一道闪电——
立于光芒中心
向不可预估的丛莽出借寥阔天空
果决、明亮，如命运呼啸

舒卷的云粗野向前
那被一再抛在身后的
静夜、星影、远水荒山
你渴望的一切。在细微描述中下沉
未命名即消逝

你停下来
忽然走上前，和一头驯鹿交谈
多么寂静啊
银河系停止生长
天地间只余下这次交谈
不是因为结束，而是因为飞翔

去吧，岁月将你押解他乡
我喜欢你仍似湖水的平静

大地下沉睡的人

细雨倾斜
深壑中流淌着月光
云杉的浅绿色球果摇晃
岩壁上青草呈现出一副哲学面孔
盛满龙舌兰的酒樽已不是昨夜那只
不散的宴席顺从了日升日落
顺从了三餐和四季

我们说起一场战争
如何抛却真理和诗歌
一条歧途如何将时间私有化

我们还说起扎根大地的箭镞
是大地下沉睡的人
等待重新被命名的赤子之心

在爱尔兰

远方之远，星辰流逝
于绵延的悬崖
风起自大西洋最小的一朵浪花

暮色四合
时间美学完成生动的跳跃
谁会写下一个女人隐秘的快乐
向异乡的门廊下投递
一封没有署名的旧信

我是……

我是静置的灯盏
微弱灯芯可挑起整座山冈

我是暗夜涌动的鸩酒
你饮下它，如啜饮寥落天际的星宿

我是餐风宿露的衣裳
青蓝色的古老纤维使你与尘世隔离

我是洋流深处的酒樽、武器和座右铭
我是被投进燃烧海湾的非凡幸存者
我是金星、木星、一个少女的肖像
我是废墟上的马厩
戴着偷来的冠冕

我消失后
我的圣洁更甚从前

爱 人

爱人身下有一座城

迟到的光明火舌般起伏

你将星辰据为己有

皱纹是缓慢爬升的小道具

临睡前我要清点你叶簇下悠长的吻

署上你的名字，就像自蜂巢

拣出白骨又悄悄埋掉

无处藏匿的就长久地燃烧

对于白色的感知

我喜欢一切白色的事物
云团、净水与空气
黄昏渐近时山野小苍兰溢出的白
锋利的，即将陨落的白
如手中划动的断桨——

那些可能拥有却并未拥有的
卧在冬雪之上
度过了寂静的一生

此　间

不只少年，还有
一再后退的虚空
目光如雪——辨认
一块岩石的明亮或黑暗

那些空荡房间诞生的岩石
如鲸群历数头顶上方忠实的星辰
实证主义者陈述国家血肉模糊的历史
人们却热衷轮轴和嵌齿的游戏

一个初生婴儿望着自己的脐带
他强大的心脏
在未来某个场景下散发硝石气味
然后平静地，看母亲
一点一点地
掏空自己

我见过

我见过黄昏中科罗拉多的雀泪
落单的雁独自飞翔
除夕之雪在柴火喧嚣中渐渐消融

我见过火车的轰鸣
在努瓦勒埃利耶①连绵的群峰中
把一叶叶茶盏
带往世界的每一处

这些年，我读诗亦听风
着青衣亦着青色的疤痕
瑟瑟的骨头在这浊世缓行

我见过
你读诗的时候是那样悲伤

---

① 努瓦勒埃利耶是斯里兰卡的一座山区城市，以出产高山红茶闻名。2016 年作者曾造访那里。

秘　密

雨后，建筑呈琥珀色
那么明澈、静穆
星辰流驶于淬火般的生活真相里
秘密是调色盘里的蓝与灰
掩映在猩红的轨迹中——

但愿我看懂了沉默和咆哮的同一性
但愿我还能告诉你
一些藏着秘密的事物潜移默化成了
花朵。

呵，你看
整个夜空都在不停地绽放

小　镇

我经过的小镇
神钟爱三样事物——
枯萎的花、静默的书、少女的微笑

小型广场上，老人低头弹拨竖琴
音乐交换行人眼里的海水
云雀旋飞
金色蚱蜢钟敲过三响
我摘下面具
额际火焰隐去
一粒微尘落上诗稿

我拥有云朵的名字
或蜡烛的肉身

我们听见森林

森林在漫步
当我们醒来
一些铭文从墙上剥落
曾给予我们庇护的，迷失在
熄灭的沼泽中
有一日
我们将从沼泽中爬出
在风云际会间再次安睡

出逃的黑鸫

如远行客——
云层中有不安分的黑鸫
扑棱着双翼，一遍一遍
为蘸取自由的风暴
为逃离一切冷色调，或一座
孤独花园

窗　前

窗前母菊淌着蓝色的血
落向日晷、海浪
和寂静。在具象下维持纯粹
交付光明的慢速乐章随之复活、分散
被时间照亮

给你了，他说
爱情是悲伤的巨婴
诗歌仍在地平线上保有尊严

让手握星星的孩子
独自穿过天井
也穿过无雪的冬夜

来,我们坐着

你指给我星星
黑色琼浆捧出月下花蕊的冠冕
被驱逐,从轮回里出走

爱情睡了
我要它醒
这昂贵的夙愿,星星之火
今天和明天
谁在虚空里喊它

对你的惩戒不过是将昨天完整遗忘
尘世接纳悬浮之爱的正面及反面
黎明抵临前,早熟的微粒乖张闪烁
那是我们珍视的

这些时刻,你说——
来,我们坐着
谈一谈虚空
谈一谈虚空绵延不绝的回声

从风暴中走出

他从风暴中走出
陈旧而笨拙的土地和偶然之外的
寂静覆盖了古老城邦的光线
覆盖了他皱缩的身体
他闻到空气中新雪的味道
想象自己睡在阳光里
睡在直接而真实的秩序中

蓝山的鸽子

描绘着鸽子的古罗马容器
告诉人们没有什么东西逝去

造物中全部的空气保持列队行进
（这唯一正在逝去的事物）如温柔的雨滴砸向大地
收音机里传来一个男人的声音

那是衰颓的近乎病态的喉咙发出的
好像躺在茫茫荒原上，没有同类的影子
出走的灵魂和暗色山峦浑然一体

仿似拖曳着桨叶的船舶
多么安宁
像饱食面包屑的鸽子双脚套着挽具

浅　浅

源于诗篇里一个绝望的故事
一场无法修正的结局
我的名字

被时光裹挟的透明容器
为了看清那些不可触碰的远方
忠于对红松鼠、松鸦、鹭鸶的热爱
以及刺槐、香椿、楸树的锋利主张
成都平原包容荒诞的想象和诚恳的转身
构成流浪诗人的美学部分

我不再轻易与自我对话，仅仅和
无数个雷同的早晨相遇
和每一架从你城市起飞的客机相遇
我试图占领最好的日色，最凌厉的穿堂风
与你的暮年

你会认出一个个叫做"浅浅"的我
在这浩荡的世间
爱，与
被爱

夜晚之诗

群山于夜色中起伏，星星收敛翅膀
你醒着，她就不肯睡去——
从杨梅竹斜街胡同跳车而去的姑娘
在自身的河流，执篙摇橹
那一声叹息，来自
一亿光年外的古老星球

一只鹰隼的最后时光

一只垂暮之年的鹰隼
锋利的喙闪出矿石的磷光

——它出生时就是这样
嗓音粗哑，略带羞怯
灵魂铺满苔草

潮湿的绿色来自它的故乡
现在，它渴望回到那里
奥林匹斯山
做回一个小男孩

达乌尔鼠兔

芨芨草根旁的地埂有很多小洞穴
达乌尔鼠兔寄居于此
沙褐色的茸毛有被黑暗碾过的温和

许一半灵魂予它
我抵达它
缓慢，像最初的伊斯塔尔
眼睑是太阳的鳞片，肋骨呈绿色
有橡树的神经、被风考验的
呼吸和洁净的嘴
它含着一小块圣餐从我体内出生
也含着对世界的怜悯

星　光

极目处，星光在漫步
悲伤嵌入大陆架，惊扰了洋流

我爱你眼里盛放的蔷薇花束
黑夜和白昼，镌刻每一粒星子的光辉

风的正面，我与你对视
灯塔在浪尖舞蹈

于光明中痛饮。我捧起
你枯槁的脸，一遍遍用歌声唤醒

这洋流深处的沉睡者
这安宁的人，一直怀抱着星光

寻找一匹马

星群闪耀着狡黠的光芒
不小心瞄上一眼
会失去时间

旷野、词语和我，寻找
一匹来自滇西的矮脚马
茶马古道真正的王者
玉龙雪山脚下我见过它

隐没于苍茫边界
又身披星光升起
在我们仰望的地方起伏

燃烧的酒樽

夜，被掏空了
天边安眠的云
回到自己

旋转的酒樽在冰火中悄然抵临
驮来隐秘之物如大地上初醒的身体发出猛烈震颤
苍穹中心，夜绽放琥珀色光芒
就要歌唱了——俯身吧！
远古世界的兽群
第一个男人和女人
这时间，这居所
这生命不朽的部分
焦灼、热情、明亮的献词被火接纳
充盈的喉咙如此高旷
这是酒神的赞叹之歌
渴饮它，就像渴饮山川、河流、黎明和四季

当音符在芦笛声中渐次消退
是垂暮中，高贵的灵魂刚刚诞生

一些轻盈的事物落下了

一些轻盈的事物，在枝头
你在海上

我有影相伴

安然、自明，谛听长物消亡
瞬息间，那些轻盈落下了
如一场生动的葬仪

唤醒一条溪流

唤醒一条溪流
自一盏灯的光轮中疾驰

山杨树上悬挂着明亮的水滴
黄色沼泽也蒙上晶莹
远处冰山仍在退让
寂静湖面已被呜咽的犬吠开启

风将渡鸦从黑暗中拎出
积蕴之物消解
采伐内心的人独坐，唇峰翕动
如同延续了鸟儿的啼啭

这是春天的开端。

时　间

铃兰花开，然后是奔跑的孩子
过不了多久，花就会败去
而孩子在生长
这使我相信
一粒微尘
都有他的时间

湖

这空旷无人的湖
扎根于乱石、山毛榉树
和某种不知名的花朵
就像现在这般——
冬风穿过积雪草
落在平静湖面如旧伤被治愈

在山巅

在山巅
鹰的利爪，拢紧所有的光束
波长刺入海沟咽喉
裸露琥珀颜色
生殖的力量在无声中分娩
正义之翎于诸神头顶醒来

一种巨大的力向上牵引
静谧中，目睹光的永生

冷峻的夜
安然之物孕育
我看见天际浮动的水
它即将到来——

中　年

莹澈、寂静的犁沟
像喝过杜松子酒后稠密秀发下的脸
我想起大雪天也执意去见的人
和冷峻而抽象的石上之石

奔赴中年的一代
心尖上有阔大的蹄铁
我们，和我们的父辈有着
遥远的相似性
如大地深处雕凿的巨石阵
有序却不重复

整个凛冬的雪
和冻土下仁慈的草木
给我火山、铁与希望

为鸽群而作

在北爱尔兰
我见过一种深处的光线
穿透腐朽枝干
瞬间照彻天空的云团

与所有生灵一样，漫飞的鸽群
被光线一劈为二
寒风中交出铅灰色羽毛
交出迟到的情话
和一束青草

颤抖不已
它嘴里有词语奔突，时而缓慢
谦卑，像一位交出雄辩的祭司

荷尔拜因①的女性肖像

你脸上，古老沟纹的花冠
比任何时候都要美
那些伟大、宁静，深蓝
化作珊瑚
在岁月之冬保持纯粹
像藤须垂下瓜果散发僧侣气息

---

　　①　小汉斯·荷尔拜因（约 1497 年—1543 年）德国画家，最擅长油画和版画，属于欧洲北方文艺复兴时期的艺术家，他最著名的作品是许多肖像画和系列木版画《死神之舞》。

灯塔之诗

我见过高山草甸晨间的白霜
如银辉燃尽，释放灯塔的光芒

长久以来，灯塔铮铮作响
咒语和呼喊
一次次眺望远方

海水起伏，一艘沉船冥冥中闪烁
徒然增加的光点在晚霞里悄悄睡熟

花坡听风

风，数我的骨节
咔咔作响如前世的盟约在叩门
轻云飞渡，蒙蒙细雨下
风带来语言和修辞
我回赠以诗

一棵低矮的树自泥泞中长出
庞大的根系坚韧又漫长，陷入石头的断裂
青铜质地的无名花蕊
孤独地奔去永恒

群峰之上，陌生的到访者
借由脚下漩涡，试图扶稳草尖上惊厥的蝴蝶
被雨水冲出地面的根系
那一条条蜿蜒小道，已独自向山下走去

回到岩石

我的诗行在人迹罕至的荒原

形容词最先倒下，其次是动词
名词站立。光明处
朝圣者种下勇敢的名字在两座岩山之间
失却的土地仍有未埋葬的谷物
每天清晨我坐在一块石板上
歌唱，和他们一一道别

梦中，我成了他们
像鸥鸟一样
回到岩石

灯

一盏闪着青光的灯

在熄灭之前

是我怀中这只小兽

遍布铜绿

像孤儿，有月亮的影子

渴望被谁擎起

撇去人世拥挤

混沌中吟诵旧诗

孤独的雨

一场雨使夜晚变得洁净

因为雨
我们谈论孤独
空旷内心深处那些
贫穷的、茂盛的
此起彼伏的生活真相
如浊浪打破坚硬且繁复的白昼

我确信抱住了它
我看见自己在堕入平凡

这唯一的真实

河

一条河在旷野中站立

我们是风的造物
风是永被囚禁的狮子

越来越远
越来越远
身后两道车辙
它多么寂静
像刚来，或刚走

春天的某些时刻

浣花溪①浆洗着前尘往事

明与暗欣然串色

封印三界的恩泽降临

袅娜云团中，葬身大海的鱼儿还魂

一个预言在天府广场②抛掷

长光击中一颗童心——

大陆和海洋根部的

自由意志奔驰

万法空寂，行将就木的人

低头又看见时间裂隙透出的一缕微光

---

① 浣花溪：浣花溪因为诗人杜甫而闻名，《茅屋为秋风所破歌》
便成文于此。成都浣花溪公园是浣花溪历史文化风景区的核心区域，北
接杜甫草堂，东连四川省博物馆。

② 天府广场：四川省及成都市的政治、文化中心和综合交通枢
纽，地处成都市心脏地带。

星　辰

星辰自银河系溢出
废墟上渐渐生长出星云
一如所有业已完成的事物
在夜晚觅到归宿

伏尔塔瓦河的逆流
指向所有时辰——
温和、不朽
频频向昨日致意

光

并不是要踏上落叶的台阶

才能沐浴光中

此刻，北爱尔兰，巴利马尼

黑暗树篱疯狂啃噬深处的苔藓

凯尔特人的笑声自光线尽头传来

少年带着两个小男孩儿躲进长树洞

潮湿的木质香味

粗粝又热血沸腾

……哦，我失聪的左耳

隐形的童年

呈现在这异域

风吹着我，在纷乱的枝桠和澄明月光之间孑立

又不曾停下来

在威斯敏斯特教堂①诗人角

生命真正的流动于千年中
如期而遇的每一天
死亡用位移穿透鲜花与骨骼
不死是一种力量

祭坛之上，酒神与婴儿共舞
神被描绘成一个插上翅膀的人
以较小的刀刃、矛架、红雪松木
为我造一件旧衣衫

---

① 威斯敏斯特教堂:通称威斯敏斯特修道院（意译为西敏寺），坐落在伦敦泰晤士河北岸，始建于公元960年，建成后承办了国王加冕、皇家婚礼、国葬等重大仪式。英国历任君主以及一些伟人都葬于此。威斯敏斯特教堂可以说是英国的象征之一。2018年至2019年，作者曾两次造访那里。

慢,或圆

都柏林比北京慢七个钟
慢,是时间与意识的纵横捭阖
却不足以唤醒一个装睡的人
离地四万英尺,三万六千秒的黑夜
源自舷窗外的虚无

……慢,是一个人在夜空行走

让你厚重的乡音因此收获更多——
天空的圆,蓝色灰色的圆
世故圆滑的圆

圆,是天空的向度
是燕子弯曲的眉毛
是你曾用脚步丈量的村野时光
也是一名女性主义者
试图妥协的浪漫颂诗

羊群把彩虹披在身上

道路驶向一英里的寂静
身披彩虹的羊群回到牧民视野中
谨防丢失的涂鸦在这里并不鲜见

有的人把一生背在身上
有的人把一生埋入诗里

现在我可以潜入一首诗的内部
看梧桐影木、波旁香根草交头接耳
听小豆蔻和胡椒彼此打趣
它们让我想起在山中被柏木林环绕的日子
轻盈、纯粹
像从来没有发生过

重　临

我想象过这个世界
一千次重临的样子

鸽群衔起倾泻而下的瀑布
天空捂紧所有光柱的叹息
生命的枯骨渐次打开灵魂的矿藏
直至被乌有循环取代

美好的事物
一再重临
我已非此间少年

除了时间愈发清晰的轮廓
除了尘世的雨自时间裂隙一点一点
滴落下来

Ⅱ

一再后退的虚空

在丽江

……该如何描述美
它正进入一株杜鹃内部
经受落叶和所有相逢

束河望向雪山
泥泞伏地，巨大的蜘蛛在吃掉古城的寂静
直到树冠镶上金边
九月的群星带来隐喻

你停下，与一头雪色牦牛交谈
霓虹广厦间谈论诗歌和木艺
谈论宇宙生命的坐止起息
谈论万物朴素的模样

谈论广域中正在降临的：
一只阿波罗绢蝶对自身阴影的惊惧

人与物所传达的惊叹
至此山遥水阔

致

你跌进时间的深渊
从每一个生活的中心
涌向落幕处
你体内山丘的舞蹈，喜悦
而圆满，就像今晚的月亮
你看今晚的月亮

永恒的一日

沼泽升腾起水雾
雪青色蜻蜓停泊于芦苇叶舌边缘
这是永恒的一日

你躺入松软的泥土
听见根系迸裂的声音
听见黄莺的啼啭
呵，多像风的牧场

你终于成为天空的同谋

致亲爱的人

雾气中，你的乳房凋零
如同苦涩的橄榄枝
被祝福的子宫是你毕生的牧场
在生命洪流中跌落
在黑暗中号啕
都是你活过的诸多人生中的一种

致奔跑的小孩

浮尘在猛烈撞击中遁入星系
一些物质沉下来
看不见，但真实存在
令人兴奋，又忽然沉默

我喜欢行走，看最美的落日
这并不影响我更喜欢你奔跑的样子
你跳跃，翻滚双脚
让清晨有了欢乐的律动

我所有对故乡的描述

你在我身边坐下
故乡，缓缓落下来
打湿了我们

你爱上蓝紫色浆果的酸涩
也爱上它的狭隘——

我是狭隘之人
只有你知道

瞬 间

侧身进入一个静止的国度
流星的光焰煨暖积雪草缓慢的时间

我想起一位故人
坐在朝阳的房间摇着蒲扇
目光歇落在我身上
投下潮湿的影子

"蜂糖水温在那里，你要喝吗？"

在那些光、几何的温热里
瞬间长出植物与露珠
以及它们的阴影

我们所有的时间

你在灯前写诗
肩上有风暴燃烧
像地平线生出翅膀

叶草在上升的雾霭里摇曳
将至的秋意，吹散了月色
也吹散了颠扑不破的夏日

飞翔，自流亡国度折返
我们所有的时间
都是宇宙的时间

演　员

我在爬行
零星的词将我引至
光的线缕或焰火的床衾
孩子们在游戏中构筑高楼，贩卖城邦
拼织富庶亦历经贫穷

我没有忘记行走
没有停止吟诵诗篇
孩子们天黑前不会回到家里
他们忙于接受疾风和雾霭的巡礼
不再瑟缩在我身后

我这个后天的演员——诗人和母亲
片刻不敢懈怠
这是命运教授的疆域

也是我的墓志铭

放河灯，或星光

放河灯了，水面上点点星光
其中一盏是你

你离开那年，我九岁
最后一口抄手，你不吃了，要走
外婆把你的身子放平，让我去报丧
多少年了，一个女孩凄厉的哭声在我体内久久不散

风吹着我的小县城
回家的路是新的
老房子却没拆——我还能回来

你的家，匿藏了我人生的天真和不安
你的家，也是我的家——
我活捉过一只有鳞片的小怪物悄悄放进楼下的花坛
花坛里你种的草莓一露头总被我抢先吃掉
我和妹妹眼瞅着邻居弄丢了自行车后座的凉拌鸡窃
　　喜地将它带回给你
我偷偷舔舐你屋抽屉里的白矾以为自己快要死去
……做过的"坏事"　没从指缝间溜走，我却在不

断失去中将时光耗尽

要怎样说你才能听到呢

给自行车上的妈妈

妈妈
一九九二年，你三十岁
多么好的年纪啊
我坐在你凤凰牌自行车后座上
你穿着一条藕粉色连衣裙
你的后背多么美啊

妈妈
现在我和你一样年纪
也成了一名母亲

妈妈
他们都说你一点也不显老
可只有我知道，三十岁的你：
青春、活力，有使不完的劲

妈妈，我多想让光阴倒回
妈妈，我要重新爱你

草原,二〇〇七年八月

鄂尔多斯广袤星空下
一粒星子就是我的爱人

良夜里写诗，光影敞开天真
孤立的星象始于生殖的欲望
为了清空自身，修剪根须
次第抛出根根枯枝

天幕墨蓝，滴水成铁
巨大而荒谬

生死如常

光洁之物自高索
走下神坛

生死如常

该如何指认
夜晚伸出的黑暗
它是如此不可征服

海水·火焰

多少潜流
照彻我们庸常的一生

柔软的海
潮生两岸

你眼睛里有蝉鸣和落日
还有前半生尚未倾泻的火焰

修　行

芜杂中披上涛声和海图是一种
修行。

低头扫落叶的沙弥
是听不见屋檐水滴落的
在尘世中修行
难免被一些往事
认出

夕光下的女人

夕光下，三十岁女人
与远处山峦对峙
掌心的白色消融
登顶后的失落像中年的性爱

夕光下，三十岁女人
眼泪攥在手里
那些晶莹，卧下去
独自前行在背阴的山丘

胖球球

像一束光。他肉嘟嘟的小嘴
吻上我的额头
我的胖球球！充满弹性的小手
藕节一样灵动起来，轻盈地围住了我

——他已经可以围住我
他读《恐龙百科》《海洋生物》《人类进化》
崇拜这个世界，并尝试与之交锋
我小心翼翼步入旁观者行列

一树梨花依从日头升落
这个清晨只属于一个七岁孩童
他迎风生长，圆滚滚的
愈发像爸爸，又决然不同

陌　生

从低处，寂静房间走出陌生灵魂
湖水泛着冰冷的光
尘世的一切盘旋上升而星星下沉

躯体在极光里赶路
灵魂潜入山谷

如果拆掉耳朵、眼睛、鼻子、嘴
哪一个是我
黑暗里聚集着骨头像马不停蹄的忧伤

我比看上去要轻

我比看上去要轻
比依米花的根系轻
比巴沙木的树干轻
甚至轻过巢穴中一只
渴望黑暗抵临的工蚁

我隶属于一株午夜稗草
在黄昏梳妆
越过河流与山川
这一宁静的时刻
这美妙的存在！

或许，我无法承受
一场春梦坠入深渊的乏陈
像忘川水，喝干
不留给以后
以后，没有以后

我真的
比看上去要轻

时间和时间

我躲在光影背后
拾起被夕阳裁剪得支离破碎的尘事
看冬日余晖的枯槁
黄昏以辩证的姿态批判一地苍茫

我久居蜀地
被霾豢养
而故宫太阳正好
这个冬天已无雪可下

Ⅲ

少年坐在海洋的阴影里

灯　火

你身着长袍在暮色里喂食飞舞的青蛉
双眼微合，睡意蒙眬

我要提灯去见你
见你兽皮上的地图
见你浓阴下的苔藓、藤蔓
见你原始的油漆和镀金的痕迹
见你失落的迷宫如鸟的飞临

夜晚有温柔的蝙蝠
有明明灭灭的灯火

晨之诗

薄雾未散的清晨
四周忽然涌起了风
灰椋鸟扑棱着翅膀在细小光柱里喘息
少年复活在梦境

你问他，去哪。
他的微笑在沉郁空气中散开
手指间有未燃尽的硝烟——
辛辣而馥郁
像初秋的桂花

重　逢

轻语的树酿造着自己
柔风于溪涧抵临
时间之河淌过

每个时刻，也包含着
另一个时刻

就走这条花园小径吧
那个秋天我们看树叶的影子落在枝干上
犹如一阵轻快的乐声

一个女孩的爱情

那个男人身上折射出她的光明
爱情栖息于旷地

她爱他。

不因露水丰腴而警惕蓝色风铃草
复活并飞走
亦不因纵横的风掏空了时间
变为旧铁
迎接漫天繁星的夜

你还在我的诗里

梦里
你是一面复活的镜子
你目光如炬

一场盛大的聆听中
照见草地与星空
照见荒诞之外的悲喜
照见你的虚弱与我的疼痛
我的疼痛里有故乡的河流和相遇的人

去南风里见你
你还在我的诗里
时间之刃在绝尘而去的波涛深处
经历一场酣睡的觉醒

水面忽然暗下去
忽然失去了呼吸

火光在他脸上

他没有再说什么
只是边接电话边做着手指运动
来年二月，他将回到温暖的南方
火光在他脸上
呈现出木器光泽
像糖水浸泡过的木头被火焚烧后
释放烟熏皮革的味道

清晰的、跃动的光芒在他脸上
有了无尽的安详

少　年

月轮沉入沼泽
在深度下沉的绝望世界
亲吻着泥淖跃上一个人的肩膀
跃上神祇的梯级讲述宇宙学与哲学
它凝视、呼喊一个星宿的名字
叫做"少年"

白 花

十九岁的少年
素白，比白花白
夕光中分外耀目
没有比白花更好看的花
没有比少年更纯净的少年

在落满灰烬的大地上行走
一个人走啊，走完一生

耶路撒冷的石头①里
也开着这样白的花

---

① "耶路撒冷的石头"引用自以色列作家阿摩司·奥兹的一句
名言："若要问我的风格，请想一想耶路撒冷的石头。"

爱的事物

忆起旧年的那个春天
意气风发的少年和平房拐角的一树梨花
——青春的时空道场依稀可辨

令人眩晕、战栗
野草杂芜
夕光折叠了溪水，在森林深处游荡
我从一场春梦中醒来
拢紧了翅膀

一个新奇的晚上
春天重合了春天
迎面的风，在我脸上升起一层白色月光
人世的波澜
盛满了欲言又止的微凉

诗的种子

你仍在光茧中沉睡
我已在另一个尘世醒来
所有美妙的诗行
都源于你善良面庞的指引

三台山街①那棵月桂树下
你珍藏的诗的种子
变成未来世界的真理
播撒在我独立行走的路上

当黑白世界只剩下星空闪耀
澄莹的月光宛若母亲温柔的双目
足以照亮我以绝望的姿势
把你书写在寂寂无名的星群之中

星星碎了
默然捡拾他们，连同一只
跌落常青藤的飞鸟

---

① 三台山街，位于四川省峨眉山市，作者在这里度过了少女时期。

如抚慰那些诗的种子一样收入行囊

在人们遗忘的远方

终日流浪

旧名字

一缕落入沾满尘埃的
樟木箱子里的旧时光

当你说起这把老物件时
我以为是别人的
我忘了，曾经
她呼唤着我
赤脚迈出少女的第一步

你带走了她
四处流浪
我成了陌生的另一个人

老物件的光阴
再也无法
从头来过

月光少女

倾心于一轮明月
你是月光下的少女
宫殿前的密林，百草憩落
一道紫色佩斯利光晕
花事飘浮在微尘里

II

真相与偏见总在日常生存中发生
你无法描绘他轻微的鼻息
野花盛放的山谷
向天空敞开而寂静疯长

III

记忆的尖刺
你的孤傲，在浅睡眠中

消逝殆尽

传递——

一个银河系的卑怯，星辰闪烁

Ⅳ

光斑一点点暗下

巍然矗立的玛雅城邦

古老的热带丛林

尤卡坦半岛的繁华

一个人离去，此后

你过着杯弓蛇影的生活

Ⅴ

你无限小的爱，在雨中

幽暗的苔藓植物

映出绿皮火车的剪影

月光少女

你的爱，在更北的极地之境

我的左边是故人

被遗忘的火种
在身体里撞击
行至灰色天空
梳理渐入时间深处的羽翼

我在暗夜饮泣
你在等一位浅浅合眷

当你知道自己犯下一个
无法修正的错误
唯有在暗处才能睁开双眼

羞 涩

时间在苔原中倒下
冬眠使词语柔软
早年的平房拐角处，梨花飞落

原谅我们眼里还有羞涩
于惺忪的暮晚，珍藏

一树落日孤沉的叹息。

我们将会变成什么

我们将会变成什么
无忧无扰的兰花
厄恩湖①上的小岛
雾霭里倾斜的光线
砸向绝望的飞石
深深寂寂的草丛、白蜡树

碧水轻舐湖岸
发出低沉之音

①　厄恩湖：苏格兰中部湖泊。

IV

混沌与自由

夜晚，正亮如白昼

沉睡的山峦，在闪电后
发出腐朽的沙沙声
田野上踉跄的少女追逐一只琵鹭
那是与她母亲相似的形象——
冲出混沌的玫瑰红碎玻璃
再一次划进夜色

每个瞬间都有坍塌的轰鸣
一些事物在静静死去
它们永远不会孤单
春天闪耀着光芒

夜晚，正亮如白昼
田野尽处，地球上最遥远的信仰
像竖琴的丝弦在轻轻拨响

沉默者的桂冠

水滴自山杨树上静静落下
变成雪粒，温顺地进入黑夜
不必燃点炬火
黑夜第一次为光明命名
破晓时分的芦笛之音是沉默者的桂冠
或将是春天的开端

如今我

角落里有茶花

有落雪

宣纸的古老纤维与雾霭对话

如今我

多像寡言的村妇

胸口一小块滩涂，没有名姓

走过的路不会有人再走

我为什么歌颂低沉之音

肃穆界限内
它使灵魂前进

行走于冰刃
它洁白，如纸

它像清晨的海潮
没入蓝色波涛
它像云，像树
像睡眠中飞雪的花园

它是暗夜燃起的导灯
它在春天腐烂了

嘘！你看
烈焰中一只自焚的蜂鸟身披霞光

指　纹

我怀抱的一团火焰
我唯一的私有财产

如盲人在尘堆中捡到
逃亡者遗失的钻石
一颗曾经辉煌却徒劳的
野心

我,或另一个我

宇宙碎片中有我
或另一个我
我穷尽他
又一遍遍使他充盈

一个我
站在低吼的山峰
有瓷器的闪光

另一个我
是雪国行走的桅杆
像一段苍老的爱情

在斯德哥尔摩
我缓缓走入另一个我
并将再次长出翅膀

我们到了哪里

这令人悲哀的时刻。①

火的文明里
时间是悲哀的
人们走在大街上
靠回忆阅读城市的日记
他们被榨干，死于机器
袖扣和领结还在发光

---

① 2019 年 4 月 15 日下午 6 点 50 分左右，法国巴黎圣母院发生火灾，整座建筑损毁严重。

精神病院

一座精神病院
由现代世界定义的缺陷建造
人类的苦难将失去最后的神圣场所
机枪和炸弹有了松懈的美
——镜像中消逝的部分

疯狂的谱系，族群
昨日世界完成一次伟大辨认

嗨，下一个名字在我们之中
我们之中的任何一位
成为一摊高级泔水

这是身份的确立

谁在那儿歌唱

爬出废墟的吉卜赛小伙儿
孤独走入乌泱泱的人群

失效的车票和时刻表被白日冲刷
湮没、命运式地联结

……秩序之外的生活
在围墙另一端兀然屹立

一只鸟儿打量自身模糊的倒影
飞回来落在我们肩上

诗　人

一切都已阐明
一切都已结束

仿佛大地只出产诗人
而非牛、马、驼鹿等重型物种

笑，像神秘的隐喻
一个从未见过的自己

发光的锁。

这里没有电影院

——为战火中的巴格达而作

这里没有电影院
教室在屋顶或大树底下
炮火和残肢多么稀松平常
每一天都向自己的结局致意

还可以微笑。

愿真主保佑
孩子
都能像个孩子

吻

冰面上独行的女人
眼泪攥在手里，像刀

活在利刃边缘，汩汩鲜血渗入冰层
她热爱这唇齿的恩物
厌恶伦常如磁流体的一切指向

爱情是一个人的事
狂欢也是

星辰寥落的时刻，夜那么长
女人和她的少女时代咬住彼此的嘴唇
假装没有醒

没有什么可怕的

没有什么可怕的，这纸器
一半是骨灰，一半是海水

唱腔里遗漏的白色诗篇
横亘在海平面
飞鱼跃起，蓝色波涛恣肆漫溢

看吧，昨日我不曾历经衰老
裙裾却落上一片苍茫

墓 园

肉身安息。灵魂萦绕
先来的，后到的
留下的，留不下的
都在此汇聚

一块块巨石下蝼蚁的喘息。

墙①

哭泣的墙壁……
说着希伯来语和拉丁语
朝圣者琥珀色双眼闪现
墙角处，你瞥见
一株小草顽强生长

---

① 此处指哭墙。哭墙又称西墙，是以色列耶路撒冷旧城古代犹太国第二圣殿护墙的一段，也是第二圣殿护墙的仅存遗址，长约50米，高约18米，由大石块筑成。犹太教（Judaism）把该墙看作是第一圣地，教徒至该墙必须哀哭，以表示对古神庙的哀悼并期待其恢复。千百年来，流落在世界各个角落的犹太人回到圣城耶路撒冷时，便会来到这面石墙前低声祷告，哭诉流亡之苦，所以被称为"哭墙"。

春　夜

我熟悉这些沟沿的火焰
此刻它们停止闪烁
在这个温柔的春夜升上树端
谈论着伦勃朗与飞舞的旧报纸
谈论着更多关心税收和美学的人

十二点钟
城市按下暂停键
星空没过头顶延续了黑夜的完整

那些席地而坐的人

催干雷鸣的是你
雷鸣也是你

播撒蜂群的是你
胡蜂也是你

抖落浮尘的是你
尘埃也是你

暮色渐蓝时影子赶上来
站在那里像只舢板

那些模糊的、闪光的词汇
那些席地而坐的人
星星的足迹，牧场的足迹
赤云和流水，甚至巨川的命运
都涌向了海洋

时间胶囊

I

一座温煦的山谷遣出松涛声
像和平主义者，或某种婚姻
现在是三月
苏醒的鸟儿升起来，暧昧地起伏
这古老的奉献使我满足

II

荒凉天空下
日本海沿岸群居的水母发出荧荧蓝光
像探戈的裙裾在舞蹈
远处是灯塔
一个少年坐在海洋的阴影里

III

月光尾随出走的人

照着他的侧脸
在一颗星星中他领悟到自己
以漫长的思考
确认一只黑鸟的眼睛

IV

一只费尔南迪纳巨龟试图穿越赤道
像被时间折损的秘密
从容地做着迁徙
它忽然转向我
头顶有极致的光辉

V

荒野以一条敏捷的弧线朝向大海航行
最广阔的蓝色中紫的鸢尾花垂下来
脚踝边泛起镀银的叶片
细细捣碎
再淬炼出永恒

VI

做一个对黑暗免疫的人

无知是唯一的平等
这就足够了
为夜晚钤上印鉴
发出致敬之声

VII

不同水域的涡流汇集至同一处
我回到生活本身
阴影，浮在虚空
像失却平衡的夜莺哼唱牧羊人的心灵史
把自己交还给日月

一个清晨

太阳从蒸汽中升起
强烈的粉色、蓝色和橙色织成一张网
远处是山、教堂尖顶和村庄的炊烟

女人们把牛拴在树桩上、把羊圈起来就下河沐浴
   去了
虱子的运动与她们的白皙肌肤在水中反射
就像植物在墙上找到裂缝
泥土回到石头、木头和青铜的世界
——被一道突然的闪光照亮了

直到大海平静下来
她们才离开那里

我的悲伤

掀开星幕穗头
命运的砂砾披着白霜
黑暗，使我悲伤

我的悲伤来自那深处的
坟茔、飞逝的窗棂，以及
高不可问的古老星球
内凝而强大的，是苍生悄吟的珍贵时辰

涂　鸦

疯狂的时间之墙上
那些涂鸦，红的、黑的
以奇特的程式描绘云朵与空气的流动

我仍奔跑
和一枚糖果达成和解

那些红的，黑的
是造就我的一部分
让我成为我

生命的全部时态

沉思的人们奔跑着
山墙下野草呼呼低吟
像簇新的银币
自由，不知疲倦

河流，沉缓明亮
船帆的凹凸是真理的确凿存在
一种久远的涛声，象形文字般浮动

天空是静止的中心，像蓝石瓦
获得的所有宽恕都是久藏的沉默

生命所有的时态
都呈现在落满灰尘的光柱之中

随　感

一枚古老的贝壳
不似任何被支配的事物

正如人类每场革命创造出真实的拓印
创造出岛屿、诗歌和荒原

所有被遗忘的信誓都是时空错杂的倒影
所有可以触摸的都将复归黄昏

图书在版编目（ＣＩＰ）数据

此间 / 希贤著. -- 武汉：长江文艺出版社，
2021.2
ISBN 978-7-5702-1867-7

Ⅰ. ①此⋯ Ⅱ. ①希⋯ Ⅲ. ①诗集－中国－当代
Ⅳ. ①I227

中国版本图书馆 CIP 数据核字（2020）第 199420 号

责任编辑：谈　骁　　　　　　责任校对：毛　娟
封面设计：李　鑫　　　　　　责任印制：邱　莉　　王光兴

出版：长江出版传媒｜长江文艺出版社
地址：武汉市雄楚大街 268 号　　　邮编：430070
发行：长江文艺出版社
http://www.cjlap.com
印刷：湖北新华印务有限公司

开本：850 毫米×1168 毫米　　　1/32　　　印张：4.375　　插页：4 页
版次：2021 年 2 月第 1 版　　　　2021 年 2 月第 1 次印刷
行数：2106 行

定价：49.00 元